당신이라는 별자리 하나

시작시인선 0460 당신이라는 별자리 하나

1판 1쇄 펴낸날 2023년 2월 24일
지은이 전지우
펴낸이 이재무
기획위원 김춘식, 유성호, 이형권, 임지연, 홍용희
책임편집 박예솔
편집디자인 민성돈, 김지웅, 정영아
펴낸곳 (주)천년의시작
등록번호 제301-2012-033호
등록일자 2006년 1월 10일
주소 (03132) 서울시 종로구 삼일대로32길 36 운현신화타워 502호
전화 02-723-8668
팩스 02-723-8630
블로그 blog.naver.com/poemsijak
이메일 poemsijak@hanmail.net

ⓒ전지우, 2023, printed in Seoul, Korea

ISBN 978-89-6021-697-6 04810
      978-89-6021-069-1 04810(세트)

값 11,000원

당신이라는 별자리 하나

전지우

천년의
시작

나는 지금
물을 올리는 물푸레나무
내가 고인 자리마다
맑다

봄눈은 그늘 밟고 울며 가는데
눈사람은 뼈를 잃은 울음으로 고인다

모든 것이
한바탕, 봄인 줄도 모르고
밤낮없이 문양을 찍는다

차 례

시인의 말

제1부 내 눈에서 터진 실핏줄

물푸레나무 서식書式

소설小雪 전날, 내리는 빗줄기를 내 안에 들여놓는다

빗물은 빈자리를 적시는 게 아니라 거기에서 줄기를 뻗는 거라 생각한다 불안도 슬픔도 빨아들이니 웅덩이가 되었다 웅덩이 속에서 가지를 뻗고 있는 물푸레나무, 동사무소 담장 위에서 명부名簿를 적는다 또박또박 11월의 부재를 기입하고 있다 빗줄기는 금세 여울물이 되어 나의 감각에서 역류해 온다 당신이라는 생장점이 내게서 범람하는 것은 매번 기억의 수위 때문이다 잊고 살아야 하는 일들, 물살이 거세질수록 나는 맨홀의 눈으로 받아들여야만 한다 훌쩍이는 비가 창문을 두드려도, 유리창에 비친 나조차 가물가물해져도 이미 어둠에 뿌리 내렸으니, 물푸레나무 한 그루가 나를 드나드는 것이다 이름 석 자 대신 빈 가지를 머금은 그늘을 이제는 이해해야 한다 당신이 지워진 자리를 맴돌다 물처럼 다시 여기에 고인다

2020년 11월 22일, 소설의 첫 단락이 시작되고 있다

자목련의 노래

담장을 타는 것은 봄이 아니라 자목련이었다

자목련 꽃 속엔 골목과 집이 있다 응급실 가는 저녁이 점점 멀어지고 있다
점점 야위어 가는 피부처럼 나무는 흰색이 아닌 자색 빛으로 주머니를 짓는다
내가 당신의 약봉지 알약에 집중하는 동안,

주머니는 왜 입 모양으로 피는 걸까
먹구름 속을 다녀온 번개의 입술 같다

오늘도 나는 당신의 등이 왜 뒤척이는지 묻지 못했다
봄밤이 조금씩 구겨 놓은 것은 꽃잎도 바람도 아니다
단 한 순간이라도 진실에 가까이 닿을 수만 있었으면 하는 마음이다

저 자목련은 휘파람을 부는 것인지, 그림자가 부풀고 있다
습한 것이 담장 밑의 눈 뭉치를 녹이고 있다
끈끈하게 달라붙은 달빛처럼 한번, 담장이 출렁거린다

>
더 이상 몰락하지 않았으면 좋겠다
더 이상 구겨지지 않았으면 좋겠다
자목련을 통해 보는 세상이 있다

나는 당신과 함께 밖을 내다본다
숨이 공손해지는 밤이다
당신의 병은 깨지지 않는다
자목련이 무한히 열려 있는 곳,
우리는 공중에 담장을 내며 살고 있다

동쪽, 저 매화

호스피스 동쪽엔 매화가 붉어요
동쪽으로 가까워지는 방은 매화 너머에 있어요
봄가을 없이 두 개의 계절을 입과 코와 눈에
달고 사는 당신, 죽음을 잘 읽는 책인가 봐요

성품이 곧았던 책이 허물어지고 있어요
몸에 기생하는 날씨가 각질을 만들어요
죽음을 벗는 날이 옷을 입는 것처럼
힘든가 봐요 소변 주머니만이 노란 달개비 같아요

며칠 전만 해도 나는 두려움을 찢는 용기가 솟길
기도했어요 동쪽으로 가면 숨이 도굴된다지요
당신은 양팔로 찌그러진 하트를 그려 놓곤 했는데요
나는 데구루루 굴러가는 화병처럼 깨지고 싶었어요
마음을 깨트리고 싶었어요
그러나 음악치료사는 감정을 들키지 말라 하였죠

개관 호스로 가늘게 드나드는 사흘 낮밤이
〈당신은 사랑받기 위해 태어난 사람〉을 불러 주었죠
당신은 죽음마저 놓아주지 않았죠

가장 먼저 귀는 소리를 썩게 한다죠

두서없는 말을 꺼내지 않도록

동쪽, 저 매화, 내 눈에서 터진 실핏줄이었어요

참척, 무당거미

꽃보다 먼저 향기가 죽는다는 무화과나무 아래, 참척慘
慽이란 글자를 생각한다
집 안 곳곳 장마가 묻어났다 방향을 잃은 얼룩들, 바람을
친다는 말이 안방과 사랑채 사이를 오고 간다

몇 해 전 오빠가 죽자 언니는 몇 날 며칠 벙어리로 살았다
손톱도 깎지 않고 방으로 들어갔다 달무리 지듯 언니가 어
디에 있는지 불은 꺼졌는지 우리는 숨을 삼켜야 했다

부두의 밤배가 출항을 위해 돛을 올리듯 헛기침으로 안
부를 물었지만 물이 우는 소리가 났던 것만 같다 무화과나
무 아래서 새 두 마리가 부리를 서로의 가슴팍에 묻었다 달
과 함께 뒤척였다

달무리 이슥해져도 숨이 돌아오지 않던 밤, 뚝뚝 바람에
무화과 열매들이 떨어지고 있었다 각진 동그라미로 웅크리
고 살던 언니, 제 몸에 은하가 돌고 있는 숨을 키우고 있었
다 질긴 가계家系가 치마폭을 뚫고 나왔다

이 세상 너머에서 불의의 사고와 어떤 우연이 막 부풀어

오르는 열매가 되기도 했다 나는 스물세 해의 속옷이 남긴 얼룩이었다 불타는 돌조각이었고 술잔에 뜬 달이었고 흰 개를 쫓아가는 빗소리였다 그렇게 나는 참척이란 글자에서 지워졌다가 오늘, 거미줄을 뱉고 있는 무당거미로 태어났다

코스모스는 코스모스만큼 흔들린다

서쪽에서 하늬바람 불면
코스모스가 일제히 흔들린다

43kg에 22인치, 코스모스가 흔들린다
어디 씨를 받기도 하겠느냐
처음 본 종가는 혀를 쯧쯧 찼지만
나는 땅 그림자를 모서리에 내려놓듯
흔들리다 쓰러졌다 다시 일어서는 것이
코스모스라고 말하고 싶었지만
나는 바람을 목에 걸고 서 있어야 했다

그해 가을에도 코스모스가 피었다가 진다
하염없이 발끝을 모아 떨어지는 비가 내렸다
그리고 한 뭉치의 뭉게구름이 왔다
그날엔 씨앗과 꽃잎과 먼 곳의 아침을 받아 적듯
나와 함께 바람 속을 걷고 있었다

코스모스야, 너는 엉덩이가 어디에 있니?
코스모스야 너는 어떻게 아이를 낳니?

>

코스모스가 코스모스에게 묻는다

꽃 진 자리는 세상의 모든 엉덩이가 아닐까?

까만 씨가 한 줌이나 박혀 있는 저 엉덩이들

코스모스는 중심도 없는데

흔들리는 힘으로 분홍빛을 틔운다고 했다

관 뚜껑과 구면

오후를 들락거리는 구름에도
무지개의 얼룩이 남아 있듯, 나는 죽음이 어떻게 생겼는지
알지 못했다

큰 바람이 죽었다고
우는 새들도 있지만
침묵하는 것도 있다
유리 창문에 부딪쳐 죽은 참새가
떨어져도
우리는 한동안 마주 보며 낄낄거렸다
참새가 울음을 찍는데
우두커니 창밖을 보니까,
참새는 나무에 발자국을 찍어도
남지 않았다
저 나무는
햇볕이 말을 나누는 방,
그림자가 기억을 갖는 방,
서로의 서로가 되는 방이었는데

숨을 크게 내쉬면

슬픔이 새 떼가 되어 날아간다고
어느 철학자가 말했었는데
내 안에 접혀 있는 슬픔엔 페이지가 없는데
어떻게 하면 날개를 달아 줄까?
슬픔은 네모난 관 뚜껑 같구나 구면인 것 같구나

강화

봄밤에는 바람이 많습니다
왜 바람은 몰려다닐까요
밤의 창문을 긁는 소리
나는 스웨터를 껴입고 바람이 지나가는 골목을 바라봅니다

젓국갈비를 먹고 나온 사람
중박골 간판이 흔들리는 어둠 속에서
담배를 피워 뭅니다
불씨에게도 뿌리가 있네요
뭔가 타들어 간다는 것,
절망도 태울 수 있다는 것,
나는 봄밤이 나를
저렇게 태워 주길 바라고 있는지도 모릅니다

저 멀리 대산리로 돌아가는 길이 반짝입니다
불빛이 어둠을 등지고 갑니다
아니, 어둠이 불빛을 물고 있습니다

먼 해안을 내다보는 사람도 있고
드럼통 곁에서 불기운을 곁들이는 사람도 있습니다

\>

유리창 너머
나는 달이 된 당신을 부릅니다
이리 앉으세요
인삼 막걸리 한잔 어때요

오늘은 당신 없이 작년에 파종한
마늘이 올라오는 것을 보고 왔답니다
씨감자를 골라 온 날이기도 합니다

호주머니에 저녁 바닷가를 담아
당신 앞에 꺼내 놓을게요
봄밤, 오래 머물고 가도록
나는 창을 열고 바람을 맞습니다
봄빛이 해안으로 밀려옵니다

명랑한 환자

개미들은 흔적 없이 사라지는데
치렁치렁한 물안개가 나온다
하수구 냄새가 솟구친다
저렇게 솟구치는 것을 보니까
여름이다
여름은 왜 솟구치는가
비는 파문으로 태어나고
왜 파문으로 죽는가
빗소리를 들어도 나는 미치지 않는다
오히려 나는
우산을 들고 나무 주위를 빙빙 돈다
나무가 냄새를 둘렀다
나무껍질이 비를 둘렀다
대낮이 자꾸 저녁이 되려 하는데
빗소리는 젖은 것을 더욱 젖게 만든다
나는 뒤꿈치를 들고
나를 둘러싼 것들을 생각한다
적막,
새가 되는 법,
단조로운 생활,

주택 연금,

암을 겨우 벗어난 둘째 아들,

내 머릿속의 여치 소리,

그런 것은 더 이상 말릴 수도 없다

빗소리로 뒤척이는 불면이 다정해진다

우산 바깥으로 손을 내민다

이름 하나 일으켜 세우지 못한 날들과

조우하면

나도 명랑한 환자가 될 수 있을까

해바라기 길

콤바인 지나가는 길에서도 해바라기가 핀다
모가지 꺾이면서 핀다
쇠기러기 울음을 쓸면서 핀다
잠자리 날개 부딪치는 소리처럼 핀다

저 수많은 방을 만드는 소리
방이 계속해서 나오니까 검은 눈썹이 쏟아진다
허수아비는 해바라기 머리통을 갖고 싶어 한다
점점 길가 쪽으로 눈꺼풀이 무거워진다
까만 씨눈들이 뒤틀려 있지만
촘촘하게 박힌 시간만은 반듯하다
그러나 오늘은 출렁거리는 공중이 뒤틀린다
더듬거리는 것은 나비인데
해바라기 그림자 발끝도 뒤틀린다

콤바인이 논 두 마지기를 다 집어 먹을 때까지
해바라기 꽃 그림자 피었다 진다, 아니
밤의 시계가 된다
저만치 달은 해바라기 속으로 뛰어든다
낮 동안 잊어버린 말을 찾으려고

나는 흙먼지 뒤집어쓰고 저녁까지
그 길 끝에 서 있었다

냄새의 사회학

얼마나 오랫동안 머물 것인가
얼마나 수상한 기미가 될 것인가

아, 숨이 막혔다
생선 눈알에 괸 구더기 냄새가 희다
분홍 스웨터에 걸려 죽은 박새 냄새가 검다
풀씨처럼 말라 있는 냄새,
마른 냄새가 길을 덮고 있다
어디로 흘러갈 것인가

냄새 하나 이루려고 한통속이 된 것들아
우리는 냄새를 끼고 살고 있었다
냄새는 살아 있다는 증거
그러나 애벌레처럼 고독사한 냄새도 있다

냄새는 불씨를 가지고 있다
오래 바라다보면 눈이 빨개진다
검은 봉지에 담겨 있는 저것,
꿈틀거렸다 뭔가 튕겨져 나올 것 같았다
11층의 냄새와
4층의 냄새가 만나 가끔 멱살을 잡기도 했다

누가 교각 위에 서 있다

봄비, 중환자실에서 나온 당신의 첫말
여기저기 생겨나는 빗소리 파문을 본다
저 교각은 너무 깊게 박혀 뿌리를 볼 수 없다

우리의 살림살이가 봄비였을 때를 기억할까?
당신은, 죽어 본 적 없는데 죽은 체하고 있다
단단한 골조에도 강물이 흐르니까 이끼가 자란다
떨어지지 않으려고 이끼가 봄비로 솟구친다고 생각한다

저 흙탕은 빗소리에 파쇄된 우리의 얼굴일까
당신의 호스 구멍에서 곧 볕이 들고 눈이 올 것이다
나를 바라보는 눈빛은 왜 완벽해 보일까
강은 여전히 물길을 내는 강인데
당신은 숨만 밀쳐 내고 있으니 예후가 좋지 않다는 느낌

공사가 중단된 교각은 일 년째 공사 중, 망가진 것이 없는데
나는 왜 망가져야 하나
누가 그 교각 위에 우산 없이 서 있다

굽어본다

이것은 키 큰 공작이다,
꽃대가 천장에 닿아 있다
흰빛이 막다른 벽이다
줄기보다 먼저 구부러지는 것은 향기일까 그림자일까

공작이 키우는 것은
햇볕을 싫어하는 난과 행운목도 있고
치자꽃도 있다

유카, 나의 공작
누가 성냥처럼 긋고 간 불꽃이기도 하다
재가 떨어질 일이 없으니
목을 축이러 오는 개미도 있을 것이다

공작이 자꾸만 천장을 뚫기 위해
깃을 친다
깃을 친다는 것은 창밖에 봄빛이 왔다는 것인데
창문 열자 곡선이 구부러졌다는 것인데

흙 위로 솟아 나온 뿌리를 보니까

이장할 날이 며칠 남지 않았다는 것을 알게 되었다

공작도 새집이 필요한 모양이다
여기저기 뒤엉켜 솟구치는 공작의 말
공중의 말이 묻혀 있었다

구름 병동에서

이 뭉게구름들은 어디서 왔을까요?

구름 침대
구름 숟가락과 젓가락
구름 이불과 구름 신발

구름 병동에 가면 내가 누구인지
나의 피가 차가운지 따뜻한지 알 수 있다나 뭐라나

조약돌에서 나온 구름도 있지만
만년필 끝에 맺힌 구름도 있었지요

당신의 몸엔 구름이 너무 많군요
지평선에 빛을 흩뿌리는 노을이 필요하군요

구름들은 제 입술을 깨물고 있답니다
긴 침묵도 약속인 거죠
머리통을 오므린 구름만이
저 산과 강을 지나 구름 병원으로 갑니다

>
잿빛은 역광의 그림자 같아요
서녘이 쏟아져요

구름은 맴돌아서
서로를 알아보지 못해서
어스름 속으로 스러져 가요
번개의 목울대가 움직이면
구름의 목소리가 호명하는 당신을 만날 수 있어요

제2부 등나무의 고통

등나무와 자벌레

자벌레는 몸이 시작된 곳에서 멈췄다

등나무 가지의 잎 뒤, 점점 붙어 있다 자벌레를 긁어모은 하늘이 붙어 있다 꿈틀거리는 건 줄기일까 자벌레일까 자색 꿈, 당신을 뒤돌아보는 동안의 일이다

등나무 속엔 등이 없고 왜 줄기만 가득할까 나무에 담긴 말을 생각하는 동안, 나는 팬터마임을 보며 당신을 생각한 다, 당신은 죽음을 내다보고 있고 나는 삶이 혹독한 체벌 일 수 있다고 쓴다

죄보다는 결백이 더 무서운 등나무가 버드러진다 초록으 로 벗은 건 초여름, 당신의 목소리를 켜 두는 한낮, 이럴 땐 햇볕조차 꿈을 꾸는 중이다 당신의 고통은 몇백 볼트인가 밝혀질 리 없을 것만 같은데

등꽃이 그 고통을 들여다보라고 나를 잡아당겼지만 나는 자주 그것을 놓친다 곳곳에 떨군 잎들이 당신을 지워 가듯 나는 두 눈을 감고 빽빽한 옹이가 되어 가는 당신을 읽었다 너무 많은 말들로 덩굴진 당신, 자벌레만이 등나무의 고통 을 잴 수 있다고 말했다

창문, 창문, 창문

창문은 어디로 가도 창문, 창문에 비친 마음을 생각합니다

비, 방울, 비, 방울, 왜 방울 가진 것들은 사선으로 떨어
질까요

링거는 작은 초침인지 모르겠어요
당신의 오줌 주머니는 오늘도 노랗군요

창문은 내게 화폭 같아요 땅끝 바람과 물과 유자를 뭉개고
싶어요 저것들을 섞으면 내 불안한 마음을 감출 수 있을까요
질감 따위 상관없어요, 나는 불면과 멀리 떨어지고 싶거
든요

삶을 질질 끌고 가는 것은 환자복의 밑단 같아요 오천 원
짜리 슬리퍼 같아요 발등 옆구리가 쉽게 뜯기니까요

이 창문엔 어떤 비가 와서 빗금을 내는지
사랑을 바라보게 하고 죽음까지 엿보게 할까요

창밖은 빗소리만 잦아들어요 작은 잎사귀들이 비의 혈관

에 바늘을 꽂나 봐요 나의 눈빛이 지그시 떨리네요 비는 사
선, 눈물은 수직으로 떨어지네요

가침박달나무 남자

꽃 덩어리 같았다 나의 남자는

수저를 쥘 힘이 필요했다
작은 얼음덩이가 뿌리를 짓누르는지
실감하지 못했다
나를 몰라볼지도 모른다는 두려움 때문인지
순간, 얼굴에 핀 꽃빛이 예민해진다
누구는 그걸 저승꽃이라고 고백했지만
나는 기침하는 박달나무꽃이라고 불렀다

나는 남자에게 물을 준다
조갈증 탓이 아니다
저 푸석푸석한 나무도 죽기 직전 꽃을 피우는구나
고열이 떠서 꽃방이 생기듯
하얗게 몰려가는 숨소리를 나는 알지 못한다
흔적 없이 사라지는 물관도 있으리라
길을 잃고 말들을 삼키는 벌레들도 있으리라

언제 깨어나 줄기를 흔들지 모르는
나의 가침박달나무 남자,

내게 가슴팍을 후려치는 질문을 할지도 모른다

왜 당신은 순종적인가

당신의 손길은 왜 끊임없이 반복 중인가

어서 잠들라

다시 돌아오지 말라

바위 곁을 지키는 나무가 되는 거라고 말해 주지 않아서

나는 당신을 볼 수 있지만

가침박달나무는 나를 볼 수 없어 꽃눈을 피우는 것이다

회복실

나무 상점에서 붕대를 감고 있는 나무들
꽃눈을 틔우지 못하고 있다
나무는 뿌리로 세상을 먼저 읽는다는데
창문 밖에서 봄눈이 그래프를 그리는 오후
나는 괜찮아, 괜찮아질 거야!
네가 눈을 좋아하듯 주문을 외는 중이다

봄눈은 봄이 상기된 표정을 읽을까?
전광판에 당신의 이름은 뜨지 않았다
회복실로 가는 길은 아주 차가울 텐데
담요 두 겹 더 필요할 텐데
이것은 수술실의 오랜 습관이 아닌가

이동식 침상이 바닥에 끌리는 소리
땅속 걸음을 걷기 위해
뿌리 끝을 모으는 나무들
동의서에 찍힌 나의 이름은
헌신적이라고 말할 수 있을까?
유리창은 텅 빈 성에꽃만 찍어 놓았다
다시 복도가 요동친다

당신의 왼쪽 검지가 까딱거릴 즈음
1톤 트럭에 실려 가는 나무의 두 머리통을 봤다

나의 작은 것

로커 룸에 작은 것을 넣어 놓고 돌아왔다
작은 것은 금방 잊어버릴 것 같았다
아니, 잊으려 했다

그 작은 것은 치욕이 없었다
알몸이어도 상관이 없었다
로커 룸 밖으로 나와도 잔뜩 구겨져도 모른다

작은 것은 긍정적이다
사소해진 나를 즐겁게 한다
작은 것, 꽃다발일까
우편엽서일까
모르포나비일까
수달 눈동자일까
아무리 찾아도 열쇠가 없으니
저 로커 룸을 열어 볼 수가 없다

작은 것은 호루라기일까
다시 챙겨야 할 반지일까
후보 선수의 유서일까

>
로커 룸은 등 돌린 자세다
마지막까지 내 것인 로커 룸
당신의 이빨, 금으로 된 것.
나의 작은 것이 그것일까

감자꽃

에곤 실레의 붓을 훔쳐 왔다
나는, 올가미로 변하는 진실을 밤새도록 그렸다

내 영혼엔 부엉이 떼들이 너무 많아
흰 것을 보고 싶었다

감자꽃, 오므렸는데도 흰빛이고
앙증맞은데 무수히 솟아 초여름을 밝힌다

구름을 나르고
새소리 모아 가며
황폐한 땅속 세상을 갖기 위해
감자 줄기는 흰꽃을 피운다

빨래가 널린 집들 건너편, 그 감자밭에서
나는 에곤 실레의 붓을 훔쳐 온 죄로
부엉이 발자국이
흰빛이라는 것을 알려 주려고
감자밭을 한 바퀴 더 돌았다

\>

부엉이가 흐느끼며 운다

감자꽃이 조금 더 흰빛으로 늙어 가는 것 같다

더 이상 내 것 아닌

저 실레의 붓

마지막 순간까지 그의 영혼마저 훔쳐 왔다

감자꽃이 나를 미래로 흐르게 했다

토마토죽을 끓이는 일

토마토를 삶는 동안
삶아지는 것은 토마토일까 냄새일까
토마토의 붉음을 이해하기 전에
붉은 것이 풀어지고 묽어진다

토마토를 뭉개고 다시 쌀가루를 넣는 동안
그날 오후, 나는 뱉어서는 안 될 말을 쏟았다
구정물 같은 말이었다
자꾸 당신의 뒤통수가 미워졌다
하지만 이것은 사소한 일
나는 점점 당신이 좋아하는 토마토죽을 쑤면서

끝내 화해라는 말을 꺼내 놓지 않았다
오후는 눈가에 잔금이 한 줄씩 늘어났다
여름이 가는가
가을이 오는가
토마토죽은 공기 방울만 북적북적거렸다

죽을 휘젓고
미운 당신의 얼굴도 휘젓고

병의 끝이 안 보인다는 당신의 몸을 휘젓고 나니

기분이 좋아졌다
함부로 말을 뱉지 않았어야 했다
상처는 왜 토마토같이 붉어질까
토마토죽을 쑤는 동안
나는 내 마음의 바닥을 태워 먹었다

바닥이 하나 더 있다는 것을 알았다
그것은 매우 사적인 일이었다

당신은 귓엣말로 사라졌지

아마 설악산에 첫 단풍이 내려올 때였어 나는 종로 4가에서 5가로 걸어갔지 이유 없이 걸었지 걸으면서 청계천의 힘줄이 된 잉어들을 보았어

왜 시월이면 모든 것이 선명해질까, 잎 가진 것이 왜 붉어지는지 당신을 떠나보낸 후에야 알았지

당신은 먼 곳에서 오는 가을빛을 좋아했지 서리의 몸을 가진 사람이 설악산을 밟고 오는 거라고 말했지 당신은 콩나물국밥을 먹으면서 중얼거렸지 보이지 않았던 뭉게구름이 입 안에 맴도는 밥알 같았지 당신은 시월이 올 때마다 국밥집에 가자 했지 그냥 아무 계획도 없이 창에 어리는 것을 바라보았지

쿵쿵거렸어

나와 당신은 젓가락을 놓고 오랫동안 바라보았지 지렁이처럼 당신은 꿈틀거리고 싶다고 했지 그림자가 바투 따라붙듯 당신은 어디로 가는지도 모르면서 종로 5가를 걷는 것을 좋아했지

지금은 그림자가 없는 사람, 영영 국밥을 먹지 못할 사

람, 침묵도 소음도 한 입, 나도 한 입 죽을 때까지 수천 번
같이 밥을 먹어 줄 수 있다고 말했지 당신은 귀엣말로 사
라졌지

당신이라는 별자리 하나

저물녘, 꽃나무와 연두가 눈에 비치는데
공기는 아직 차갑다

통나무집, 으스스한 어둠이 창을 뚫는다
온돌방, 저 바깥에서
장작에 불붙이는 소리가 난다

솔가리 모아 불쏘시개로 쓴다
쓰다 만 시
제 몸을 불씨로 내어놓는다

군불이라는 말 참 좋다
군불로 등을 데운다
군불로 생각을 지핀다

저 지평선엔 누가 군불을 지피나
북극에서 날아온 새들이 어둠을 태우나

노을 끝에는 군불지기가 살고 있어
산을 데우고 강을 데우고 지평선을 데운다

숨이 돋을 만큼

아궁이가 새까맣게 탄 것은
불이 제가 지나온 자리를 지운 까닭이다

지붕 위에 자리한
당신이라는 별자리 하나

군불이 들어간다, 집이 숨을 몰아쉰다

누가 걸어간다

노을이 사라진다고 발음하는 저 목구멍,
아름드리 미루나무 두 그루 사잇길에 숨어 있다

길과 길을 더듬는 차선를 식도라고 해 두자
색색으로 바뀌는 잎들은 호흡이라고 해 두자

저녁 어스름이 들이닥친다
난데없이 달이 별자리를 데리고 온다
서로 붙어 있다가 멀어지는 비음 같다
찰싹 붙어 오는 바람 같다

굵은 가지 사이로
새소리를 밀어 넣는 것도
어슴푸레한 저녁의 일

이마를 맞대진 않았지만
아주 가까이서 나는 정전기를 느낀다

길 건너편 나무가
들썩이며 희미한 그림자를 가질 때

나무도 제 입 모양으로
바람을 부려 놓는다
그 순간을 우리, 라고 불러 보자
비음과 비음이 섞이는 그때,
길 하나가 접어든다는 걸 안다

우리는 우리로부터 달아나면서 가깝다
물음과 물음이 쏟아지는 지평선에서
이토록 붉은 저 목구멍이 저물어 간다

나는 거미줄, 벽돌

성당 탑신, 귀머거리 새와 종소리
깃털 빠진 신앙이다
새가 거미줄에 걸려 있다

그렇다면 거미줄은 벽돌인가
단 한 번에
부숴 내는 저 살기
돌에 맞아 죽은
비명 같고, 치맛자락 같다

절규에도 골절이 있다
그것은 벽돌이 아니다
불안은
갈비뼈가 버린 핏빛 노을이다
함부로 던진 울화통,
뚫린다

나는 거미줄, 벽돌의 신대륙이다
돌덩이다
벽돌이 하늘에서 쏟아져 내린다

\>

돌에 맞아 죽은 이를 알고 있다
중세 사람들이
마녀를 만들고
마녀 속의 여자를 죽였다는 것을

저 거미줄은 거무튀튀하면서 희다
단 한 번 햇볕이 들 때
종소리처럼 깊이 흔들린다

민어회 앞에서는

묻지 마, 부레를 먹어야 하니까

부레는 땅 밑에 가 닿기 위한 추
그 은백색으로 바람을 감춰 두었다
그래서 부레는
심해의 달보다 무거운 것이다

부레를 먹으면
연못 위의 물길을 건널 수도 있다
소금쟁이과에 가까워질 수도 있다
긁힌 무릎에 새살 돋는
소리를 엿볼 수 있다

부레를 먹는 사람의 피
쉽게 묽어지지 않는다
민어가 살 속에 가시 바다를 감추었듯이
부레는
한 번에 음미할 수 있는 통각洞角이다

부레 앞에는 반짝, 앞니 하나만 있는

어머니도 피곤함을 잊곤 한다
그날 밤, 부레를 타고 강화 오일장에 나갔다
백 원에 일곱 개, 알사탕을 사오는 꿈을 꾸었다
내가 사람이었던 것을 잠시 잊었다

두려움의 실체

확진, 사망, 숫자만이 맑고 쾌청한 흐름이다

오늘도 선별 진료소로 들어가는 입구는, 얼굴 중심이다 얼굴 없는 마스크만이 창구로 모여든다

라면 한 그릇을 주문하고 마스크 쓴지도 모른 채 먹으려는 얼굴을 보았다 두리번거리는 것은 눈알밖에 없다 잔기침만 해도 의자가 먼저 벌떡 일어난다

얼굴은 어디에 있을까? 눈이 눈을 맞추는 얼굴이 보고 싶다

안데스산맥을 넘어갈 때 설산을 담은 병을 가져오고 싶었다 하염없이 바라보았을 나의 눈, 죽는다면 바다를 낀 그린 위 홀컵 옆에서 죽고 싶은데, 나의 상상은 계속해서 먼 곳으로 간다

잔기침이 내 뒤의 그림자를 뒷걸음치게 한다 이곳의 얼굴은 얼마나 추운지 모른다 얼굴을 갈아 끼워야 내가 산다고 했다 안데스산맥이 그리울 뿐이다

제3부 새의 노래를 던지는 사람

설국

계절이 없는데 국경만 나와요 괜찮겠습니까 역은 있는데 내릴 사람이 없군요 유리창만이 자주 안면을 바꿔요 지상과 지하의 풍경은 일곱 량이고요

안내 방송이 나오는군요 우리는 객차 안에서 쉬지 않아요 설국의 끝과 처음은 어디일까요? 얼굴 매달고 있는 것은 모두 얼어 있어요 우리는 설국을 지나가고 있어요 우리들의 설국에도 봄이 있을까요

손을 잡지 않아도 풍경과 함께 걸을 수 있군요 눈보라를 뒤집어쓴 방향, 방향이 지워져 있군요 검표원은 없고요 어깨를 부딪치는 눈발, 고꾸라지는 눈발, 주저앉는 눈발, 나는 눈발을 사랑하는 눈사람 그래도 기차는

마지막 칸에 이를 때까지 달립니다 아무도 기차를 바꾸어 탈 수 없습니다 다만 우리가 맨 처음 예감했던 탈선이 왔을 때, 세상이 우리를 잊지 않았다고 말하고 싶어요 하여 우리는 발자국을 찍어요 씨앗이 될 수 있다고 믿으니까요

긴말하기 전에

이왕이면 강화 대선리 수평선보다 더 멀리 갔으면 좋겠네
몸 그림자로 와서 감춘 것도 잃은 것도 없으니
내 쪽으로 더 이상 얼굴을 돌리지 않았으면 좋겠네
아무도 모를 바다 언덕에서
진실된 것도 정의로운 것도 잊었으면 좋겠네

하관이라는 말엔
이어 붙일 시간과
이어 붙여도 더 이상 붙여지지 않는 세계만 있으니
이건 또 하나의 이별 방식이겠네

당신은 솔직함마저 버릴 데가 없는 사람
말하고 싶지 않을 때가 더 많은 사람
침묵이 긴말이라면서 먼 길을 내다본 사람
지금은 어딘가로 떠나야 하므로
나는 그냥 있을 수가 없었네

긴말하기 전에, 말하지 않으면
땅의 문이 열린 것도 모르는 사람아
입을 여는 일이

왜 그렇게 멀고 힘든지
내가 쓴 편지엔 바람 소리나 가득했으면 좋겠네
귀를 문풍지처럼 열어 놓고
나를 놓고 떠난 죄, 종일 귀나 씻었으면 좋겠네

스피커에 대한 짧은 단상

우리 집엔 1971년산 테크닉스 LP 턴테이블이 있다
처음부터 나를 알고 있었다는 듯
아버지가 좋아하는 애니멀스 음반으로 내 귀를 두드린다

나는 애니멀스의 한 줄기 선율에 무릎을 베고 잠들었지만
사실은 저 스피커가 나를 입고 바깥으로 나가고 싶은 것
이다
그런데 나는 음악 속의 아버지를 생각하는 사람이 된다
파도 소리가 내 어깨를 들썩거리게 할 때 즈음
팍 하고 바늘이 튄다 음절이 두 마디 세 마디로 쪼개진다
음의 상자가 엎질러진 것일까?
짧은 빛처럼 찾아온 아버지,
눈 한 번 맞추지 않았는데
바늘이 칸과 칸을 건너가듯
선율이 다시 나온다
구동 방식의 부활이다 아버지가 자꾸 나를 쳐다보는 것
만 같다
목수였던 아버지의 유품은 1971년산 테크닉스 LP판,
나는 처음부터 주인공이었고, 음표로 종종 별을 그리거나
보물 지도를 그리기도 했다

눈부신 바다

일요일 한낮, 강화도에서 주워 온 돌멩이가 반짝인다
아가미와 지느러미를 숨긴 돌멩이
빗소리가 눈 감았다 뜨면 돌멩이는 복수초 뒤로 숨는다
얼마나 오래 눈 뜨고 있을 수 있니?
깜빡이지 않은 채 말이야
돌멩이가 복수초에게 묻는다
더 오래 붙잡아 두기 위해
그림자는 항상 눈이 부실까?
더 선명해지는 것들
화단에서 촉燭으로 온전히 나올 때
자주 헛것이 보인다는 당신은
화단에서 흙을 긁어 대고 있었지
손에 쥔 작은 돌멩이를 놓지 않았어
파도 소리 깜박이는 눈동자가 숨어 있다고 했어
앙다문 돌의 입이 파르르 떨렸지
이편에서 저편을 바라보는데
봄눈이 자랐고 자다가도 자주 얼굴을 더듬듯이
저 돌멩이 하나 때문에
화단이 종일 어둡거나 환해도 눈부시지 않았다

상가 속 상가

스피커와 코드와
잭을 파는 종로지구 상가, 상喪중이다

발길을 멈춘 6평, 플라스틱 문패엔 근조 리본이 묶여 있다
폭염의 그림자를 끌고 그곳에서 기거한 칸나꽃이
모두 상가 쪽으로 고개 숙인다
성대에 고인 곡소리 때문일까, 목이 벌겋다

상가 속 상가가 낯설겠지만
일신전자는 여전히 마이크를 테스트하고
피스를 박고
납땜을 한다

다만 구멍 숭숭한 은빛 혼 스피커가 곡비처럼 보인다
단 하나의 길로 우르르 몰려다니는 어스름이 밀려오고
오늘만은 모든 소리가 레퀴엠으로 들린다

음악이라는 이름으로 거주하는 것들은 끝까지 죽지 않
지만

상가엔 딱딱한 울음이 캄캄한 무덤이 될 음표다

함께 밤을 하얗게 지새우고 있다

채식주의자

번개가 마블링처럼 파랗게 퍼지는 오후
정육점 한쪽에서는 칼집을 내고
파 써는 기계에선 파 냄새가 구부러진다
빗방울처럼 맺히는 피 냄새를 맡고
골목도 군침을 흘리는 걸까

그렇담, 저 골목은 육식성일까
얼룩덜룩한 쓰레기봉투들
해체된 부위 같다

나는 토마토와 브로콜리와 감자샐러드를 좋아하고
당신은 피가 밴 안심스테이크를 좋아하고

왜 짐승의 죽음엔 등급과 무게가 매겨질까?
문득 라벨 하나를 집어 올릴 때
당신의 입꼬리가 올라간다
나는 이 짐승이 어디를 밟고 왔을까를 생각했다
한여름인데 여기는 너무 춥네,
서둘러 자리를 뜨는 것은 파리였다

>
집에 가면 바로 구워 줄 거지?
그가 묻는 말에
나는 어제 담은 오이피클에 떠 있을 여름을 맛보고 싶었다

라디오에서 트로트가 울려 퍼진다
목청을 한껏 꺾다
눈을 감던 마지막 짐승의 모습이
정육점 창에 어른거리는 것만 같다

나는 복심을 품고 있었고
당신은 자율 계산대 앞에서
누린내가 밀려드는 오후 6시를 향해
허기를 꺼내 놓고 있었다
불순하지 않은 채식주의자 같았다

비 온 뒤

힘이 있는 것과 없는 것이 나누어진다
차곡차곡 쌓인 꽃 진 자리가 무너진다

낙과의 계절이다
낙과엔 하늘이 고였었고 빗소리와 새의 부리가 고였었다

붉은 깃대를 세우는 칸나가 피었다
수건을 털어 다시 고쳐 쓰는 과수원의 일과들

건너편엔 개밥바라기 서쪽으로 떠나고 싶은 날이 있었다
짐승 발자국이 만든 무덤으로 가 낮잠 자고 싶은 날도 있
었다

그러나 그와 나는
팔리지 않는 팔월의 낙과들을 줍고 있다
낙과의 멍든 자리들
교회 종소리처럼 흔들리다 떨어졌으리라

배꼽에겐 동그란 눈이 있어
향기와 색이 침묵하는 땅 밑만 응시했으리라

>

간간이 자동차 비명이 고이고 홑씨가 고이고 사랑한다
는 말 대신

깨금발 짚고 다녀가는 저녁과 함께

비 온 뒤, 가시광선이 허물어졌으리라

그림자

작은 스탠드를 켜자
식탁에서 맥주 따는 소리가 난다
땅콩을 꺼내고
오징어를 찢고
그림자는 안경을 쓰윽 쓰고
오늘자 신문을 마저 읽는다

그림자는 나보다 조금 큰 키를 가졌다
유카 뿌리가 말라 가는지
물뿌리개로 일곱 번을 뿌린다

땅콩 으깨지는 냄새,
고양이는 잠 속으로 빨려들지 못하는지
그림자 옆에서 그림자의 손길을 기다린다

그림자는 두 손 올려 제 머리를 넘기면서
이미 맞닿은 채, 있는 나를
이미 겹쳐진 채, 있을 나를
읽는다

>
그림자는 그림자로 따라다녔다
눈과 코를 다 알아볼 수 있을 만큼
나 때문에 그림자는 머리맡으로 온다,

불을 끄지 못했다
곁에서
내일 봐요
한 발 한 발 옮기는 목소리
어뜩하게 비쳤다

돌모루

황토의 나이와 혈통을 말해 주는 것은 노을이었다
저물 무렵,
갯벌을 파면 뭐가 나올지 알 수 없다고 했다

발자국으로만 만들어진 글씨와 수평선
지느러미가 짧거나 동그란 그림자
혹망둥어나 숨는 버릇이 타고난 칠게
나를 피하는 것은 저녁이 잘 오는 돌모루*였다

돌이 깨지면 황토빛이 될까
노을도 깨어지면 비늘을 가지는 걸까
내가 낯선 길에 들어설 때마다 방향을 일러 준 것은
물길이었다 물 들어오는 시간이었다
그늘에 들 때마다 품어 주던 갯바람이었다
먼저 흙으로 돌아간 이들이었다

황토는 멀리 가지 못한다
어떤 붓 자국이 지나간 자리가 저 노을 안쪽일까
연꽃 무늬로 울긋불긋한 문양들
미끌미끌하게 감춰 놓은 황토 바깥일까

지구는 수평선 모양을 잘 지킬 수 있도록
그믐과 보름을 둘로 갈라놓았구나
저 붉은 발원을 황토의 눈동자라고 부른다

갯벌 차가운 곳부터 파도가 밀려 나온다
걷고, 걷고, 걷고,
내가 도착한 수평선 천막 위에서
영원히 변하지 않는 것이 있다면 그것이
저 황토의 얼굴이라고

* 돌모루: 강화도 해변.

그래도 고마운 슬픔

주먹만 한 슬픔이 내 목숨을 구할 줄이야

아무런 힘이 없을 것만 같은 슬픔, 힘을 준다
나를 고려산 줄기에서
해안선으로 끌고 다녔다 슬픔은 갯벌로
나를 데려갔다
얼굴에 진흙을 발라 두었다
눈물은 진흙 얼굴 위로 길을 내었다

멍한 시선이 한 곳에 꽂히자
노을이 떠올랐다
빨갛게 피어나고 있었다
처음부터 슬픔 같은 것은 없었는데
왜 내게 슬픔이 찾아와 숟가락을 들게 하고
이불을 뒤집어쓰게 했을까

나는 슬픔으로 깨어난 사람이다
아니, 깨어진 사람이다
오늘은 설거지를 했는데
슬픔이 닦여 있는 것을 본다

소금쟁이처럼 나를 떠오르게 하는 슬픔,

나와 함께 없어지기 위해

구부정한 물길 바깥으로 빠져나온다

서녘 눈썹

이백 년 된 매화가
피어도 춥다, 집으로 가자

바람이 쩡, 하고 강물에게 소리친다
얼음이 서로 부대끼며 해빙기를 맞는다

나뭇가지 위로 새 떼들이 쏟아진다
매화나무 속에서 사는 사람,
피가 돌겠다

빠르게 어두워지는 저녁이
강물 위에서 물비늘을 만지려고 한다

아직도 나는 죽은 자의 하루를 모른다

응달 흙엔 살얼음이 꼈고
나는 긴 잠을 자고 싶어

바람을 맞으러 왔다
힘없이 넘어지는 것은 갈대 그림자인데

꼿꼿한 것은 작은 숨을 내뱉는
나밖에 없었다

매화나무 둥치에 핀 꽃자리
서녘 눈썹이라고 불러 보았다

여름비가 그렇게

호스피스 병동의 엘리베이터
죽어야 뒷문으로 나간다고 했다
냉동 칸 7번이 당신이 가야 할 곳이라고 했다

냉장고 모터 돌아가는 소리만 있는 곳
성에꽃만 피어 바깥에서도 안을 들여다볼 수 없는 곳
나는 기어이 오늘
당신의 이름 팔찌만 채워 보냈다

채워 보낸다는 것은 피륙으로 짠 열한 폭 마음일까?
창백한 것이 눈을 가린다
번갯불이 친 것 같은데 나는 눈을 잃었다
아스팔트 길 같았다
철커덕,
금속성의 소리만 들렸다
치마끈이 스르르 풀릴 것만 같았다

뒤돌아 앉은 몇 걸음 어둠도 비어져 나와 자오록하다
15평 장례식장, 희고 검은 것들로 번들거렸다
소낙비를 입으면

몸이 뒤따라 보내진다고 했다
통곡이 나무토막같이 불기도 했다

번개를 감고 죽을 수 있다는 말,
저녁의 얼굴이 한참이나 나를 돌아보았다
발소리가 모아지고
멀어지는 것이 하얘지기 시작했다
발 딛고 서 있는 모든 것들이 안녕을 고하듯
거센 악수를 내밀듯 여름비가 그렇게
쏟아지고 있었다

당신의 영수증

화장터 명세서엔 불 냄새가 났다
꽃씨에서 나는 냄새 같았다

재가 되는 일에도 순서가 필요했다
칸칸의 숫자에서 나온 재들, 항아리에 담긴다
13번의 불, 한 시간 동안 울음도 태웠다
등을 구부리고 숟가락을 줍던 힘마저 태웠다
후회의 끝부분만 남겨 두었다
화장터에 와서, 하나의 부의 봉투를 받았다

봄가을 없이 두 번의 봄을 맞았다
새벽에 가래를 크르릉 묻히던 남자가 떠올랐다
문득 장롱을 여는데, 영수증이 나왔다
누렇게 변색된 봉투와 함께

봉투를 보니까 봉숭아 씨앗이 있었다
당신의 배꼽 때 같기도 했다
당신이 보낸 봄의 영수증,
삼년상을 지나고 있었다

제4부 나는 죽음이 무엇인지 모르는데

봄의 고궁

나는 21g 기왓장 영혼을 가진 고궁입니다
오후 세 시,
언 땅도 햇볕도 죽음도
한식날에 모입니다

사백 년 전 눈 감은 빈이 있듯
연못은 나의 눈을 가립니다
이쪽과 저쪽은 시간만이
회화나무 나이테에 감겨 있습니다

오늘은 봄눈이 나 대신 걷습니다
사월인데 눈이 옵니다
봄눈이 물소리가 됩니다
응달은 왜 이토록 깊을까요?
숨 통하는 길에
얼어 죽거나 언 몸을 터는 것들이 있습니다
그러나 나는 금세 물방울 숨 깎는
저 비비추 뿌리로 고궁의 오후를 견딥니다

무덤은 왜 아름다운가

세상에 왔다 가는 무덤을 만지는 오후다
사진사는 마음이 표정을 가둔다고 했다

애도란 굳어 버린 얼굴을 푸는 걸까
나는 햇볕을 피해 나무 속으로 들어왔다
작년에 날아간 새
다시 돌아오지 않는다
사진사는 장지로 가는 길을 찍는다
입꼬리 웃음도 슬쩍 올라간다 기형이다
모기가 손등에 내려앉아 피를 빨아도 가만히 있고
밤에도 춥지 않은지
언덕 내려갈 때 발 헛디디지 말라는 말을
주고받고 있었나 보다
갑자기 귀밑머리가 가렵다
우두커니 사진사는 구두에 달라붙은 흙을 떼어 내며
길 위의 얼굴을 찍는다
죽은 자에게만 붙지 않은 진흙이 붉었다
세상에 왔다 가는 무덤 앞에서
아직 오후 속에서 빠져나오는 사람이 있다고

플래시가 먼저 빛을 낸다 무덤은 왜 아름다운가,

여전히 나는 죽음이 무엇인지 모르는데

숨바꼭질

저 등나무 나뭇가지 밑에 누워 본다
삐죽한 것은 향기이고
등 그림자를 가진 것은 꽃받침이고
온통 검은 가지뿐인 등나무를 살피는 동안
등나무가

너, 이름이 뭐니?, 라고
묻는다

등나무가 질문을 한다는 것은
내 심장이 두근거린다는 것을 알아챘다는 거다
한낮을 몰아쉬며
봄을 맞이하는
지구가 여전히 낮달을 끼고 돌고 있는 거다

등꽃이 피는 비슷비슷한 나무들이라곤 없다
연초록과 진초록의 얼굴들 사이
보랏빛 얼굴이 올망졸망 맺혀 있다

맺힌다는 말, 사랑도 맺히고 죽음도 맺히는데

흘깃 꽃눈이 내 속을 들여다본다
나는 봄빛을 껴입을 준비를 하지 못했다
뿌리까지 갔다 되돌아오는 수액이 있듯
지난여름에 갔던 당신을
아직 벗어 내지 못했다
여전히 등나무 꽃들은 숨바꼭질 중이지만
나는 술래가 좋다

너, 이름이 뭐니?
이제는 내 그림자가 두리번거리기 시작한다

소리를 줍다

잎을 먼저 뱉고 꽃을 피우는 나무와
꽃을 먼저 틔우고 잎을 뱉는 나무와 함께
나는 살고 있다

오늘은 일요일, 청소기를 돌린다
윗집에서 마늘 찧는 소리와
아랫집 삼겹살 굽는 소리가 빨려 들어온다

진공청소기의 힘이
모래와 돌과 아이가 뱉어 놓은 말까지
빨아들인다 빨아들일 수 없는 것까지 끌어당긴다
당신의 병도 그럴 수 있었다면……

저 낮달, 윙 하는 소리에 그만
구름 속으로 숨는다
빗방울이 떨어진다
두근거리는 꽃비 소리를 줍는다

자세히 보니
감꽃이 우주란 몸을 가지고 왔다

절벽의 사생활

더 나갈 데가 없어 절벽이었다
절벽이 키우는 것은 저녁마다 새들이 물고 온 노을이거나
헐거워진 어스름이었다
무리 지어 자라는 솔이끼와
물줄기를 키우는 여름엔 폭포라고 불렸다

숨을 크게 내쉬는 소나무 한 그루,
축축해진 것은 뿌리일까 그림자일까
절벽 앞에서 청명과 곡우를 보낸 사람이 있겠다
목젖이 게워 내는 슬픔이란 불꽃도 있겠다

저기 절벽 건너편에서 가늘게 떨고 있는 것은
북극성이 된 당신일까
콕콕 찍혀 올리는 빛을 눈물이라고 불러야겠다
절벽 앞에서
번식과 생존이라는 말을 잊어버리자
절벽이 믿는 것은 낭떠러지의 아름다움이었다
절벽이 불행을 돌보지 말라고 했다

물앵두가 익은 초여름, 당신 떠나보낸 뒤
나는 절벽이 되어야 했다

어둠에 우러나다

　불이 양초 끝에서 캄캄한 방을 켜 둔다 서서히 밝아 오는
방 안은 찻잔의 둘레처럼 일렁인다 마른 국화 꽃잎이 따뜻
한 물에 몸을 풀 때, 가을이 온다

　찻잔 속에서 꽃잎이 빙글빙글 돌아갈 때 화르르 풀려 나
오는 향기

　강가에서 유품遺品을 태운 적 있다 수백 마리의 불티가
날아올라 점점이 하늘에 박히는 걸 보았다 별은 지금도 매
캐하다

　촛불의 그늘은 맑고 진하다 국화차의 첫맛에는 깊은 그
림자가 있다

　계절의 대궁 속에서 꽃잎이 흘러 다니듯
　내가 내어 준 그늘 안으로 뿌리를 뻗어 가는 당신

　찻잔을 비우는 동안 슬픔이 우러나 나를 음미한다 새와
비와 바람이 나를 데려가고 있다

>

그늘과 향을 섞는 것은 다시 캄캄한 방 안이 나를 삼키
는 일

훅, 불어 촛불을 끈다

엔딩 크레딧

침대에 누우면 나는 오목눈이가 된다
1초에 24장의 빛을 읽는 새
무성영화 속 가을 별자리로 날아간다

손끝으로 꿈을 당겨 보면 겹겹 낱장들
당신의 눈동자, 잊을 수 없는

복제된 마음에 대하여
불이 꺼졌다고 사라지는 것들에 대하여
내가 나에게 낯선 배역이 되는
저 너머에서
나는 망연자실한다

뒤척여 엉키듯 다가오는 창밖의 빛이 당신을 가리자
내 입술은 물처럼 투명해지고
당신에 대해 아무것도 발설하지 못한다

필름은 뚝 끊어지고
침대에 떨어진 새
본다, 하나밖에 없는 당신이

나를 본다

우리는 한 문장만
오래 읽는 버릇을 고치지 못했다

하고픈 일

도라지를 도마 위에서 까기만 했지요
오늘은 도라지 꽃잎 차를 젓가락으로 집어 올려요
나보다 더 오래된 절벽 밑에서
나는 보랏빛 저녁을 가져온 것이지요

가을이 아닌 봄에
나는 물을 네 번 나누어 붓고
찻잔 위에서 테이블의 배후를 빛내 줄 빛의 파문을 생각해요
우르르 몰려오는 침묵의 천둥처럼
도라지꽃이 피어요 나를 덮어요
나는 이 봄 저녁에 흐르는 절벽의 마음을 읽을게요

절벽에서 서성거리는 새 떼들의 울음이 아프면
당신은 도라지꽃이 핀다고 했지요
도라지꽃이 커지면 그림자도 길어지듯이
첫 잔이 벗지 못하는 물빛이 넘쳐흐르면
나뭇가지 끝에 읽지 못하는 글자 몇 개도
읽을 것만 같아요

그럴 땐

하늘 한구석이 번져서 빗소리를 쪼고 가겠지요
당신, 오래 닫힌 경첩의 몸이라서
몇 번이고, 똑 똑 똑, 꽃이 문 여는 소리로 말하겠어요
그것이 침묵이겠지만
차 한잔 대접하는 일,
이 봄밤에 하고픈 일이었어요

자전거 둥지

일 층 집, 자전거 안장을 훔쳐 갔다
안장 위에 나뭇가지와 흙과 깃털로 된
둥지가 하나 올려졌다

새가 왔다고 뭐라고 하는 사람은 없다
나는 목숨이 깃털 붙이고 자라는 시간이
어떻게 허공을 내딛고 있는지
그저 바라보기만 했다

사월의 마지막 밤,
자전거가 벌떡 일어나서
나사를 푼다
틈을 내준다
둥지가 떨어지지 말라고 고정한 것이다

툭, 하고 바큇살과 함께 날고 싶은 자전거
새가 어미 새같이 몸집을 키울 때
자전거는 아무도 몰래 새의 날개에 붙는다

저 박새는 자전거를 배후로 뒀다

새가 난다, 아니 자전거가 날고 있는 것이다

새가 자전거 속으로 드나들던 어느 밤
분명 새가 날았는데, 빛에 비춰 보니
자전거가
지붕을 밟고 저 달 속으로 가고 있다

2인용 언덕

봄이, 언 땅을 자꾸 파 내려가고 있다
봄의 기척이 마음을 툭툭 건드리고
산비탈 비닐하우스 창문으로 미나리 냄새가 날아온다

이제 매화 바람이나 만나러 갈까
후후 숨을 고른다

2인용 언덕에서 당신과 내가 조우한다
손바닥을 내민다
체온을 느낄 수 있을까
와비에 새겨진 이름 위로 봄볕만 쏟아진다

나는 반쯤 감기는 눈으로
비석을 바라본다

이 겨울도 잘 보냈어, 그렇지?
당신은 당신의 무덤을
2인용 언덕이라 부르라고 했지
언덕에 와서 오르골 잔잔한 시를 읽어 주라고 했지
자주 서러워하지 말라고

복수초 피는 시간이 당신의 웃음이라고 했지

땅속에서 한 해 보내는 일이
뭐 그다지 어렵지 않았지, 라고
말하는 것 같았다
콧등이 시렸으나 울지 않았다
2인용을 완성하려 언젠가 나는 올 테니까

나는 곰치

물새와 수평선,
저녁노을과 물풀 사이를 드나들던 기억들,
그날을 무엇이라 말해야 좋을까?
곰치라고 불러야 되겠다
곰치라는 물고기, 내 얼굴 새겨 둬야겠다

나, 양양으로 가리, 곰치 사는 양양으로 가리
아버지 공탁금 없이 보내 드리고
오직 하나뿐인 어머니는
꿈속의 길이 꿈 밖까지 나온다며 시를 썼다

내일이면 어디론가 떠나고 싶어
목적지인지 알 수 없는 양양에서 곰치가 되고 싶어
곰치는 갑상선도 없을 텐데
암도 걸리지 않을 텐데

내가 의지할 것이라곤 처음 가 본 양양과 곰치이리
내 몸을 끌어당기는 바닷가
눈을 감고 잠깐 쉬어 봐요
곰치가 고통을 느껴 보라고 말했다

지금 난 살아 있음이라고

바람에게 할퀴고 싶은데
내가 바람을 할퀴고 있으니
나는 곰치, 곰치가 된 고통스러운 봄날
그림자가 먼저 앞지느러미 달고 서 있으니

하르방, 웅덩이

하르르 하르르, 빙빙 돌다 떨어진 꽃잎
하르방, 웅덩이를 끌어 덮었네

목 없는 하르방,
꽃잎은 우산 없이 와서
목 떨어진 자리를 덮어주었네

저것은 빗물인가 꽃물인가
멍든 곳엔
하늘이 고였네 비바람도 고여 빙빙 도네
덧난 것은 빗소리와 꽃잎이지만
웅덩이는 하르방을 확신하지 못했네
금 간 곳이 부서질까 봐
어쩌자고 하르방은 죽어
몸에 웅덩이를 팠을까?
꽃잎이 없다면 그냥 구덩이였을 텐데

하르방은 새로 태어나는 기분이 들겠네
꽃 웅덩이 속으로
천둥의 엉덩이가 걸쳐질 때

나는 먼저 떠난 잎의 저쪽을 보겠네
거기서도 여기를 알 수 없겠지만
꽃은 길을 지우고 몸을 지우지만
웅덩이는
아득하게 습한 족보를 읽게 해 주었네

단순한 목소리

지금 노곤합니까? 난로를 틀어 놓았으니
환기는 꼭 해야 합니다
오늘도 스피커 주문은 잘 처리했는지
창밖의 새가 울고 간다고
그리 기쁘진 않겠지만
기념일 수건처럼 슬픔도 말라 가고 있겠지요

당신은 참으로 가진 게 많더군요
창을 가진 꽃나무와
개미가 주는 일기예보도 들을 수 있고
빗소리로 된 건강검진 청구서도 있으니까요
나는 수목원 예약을 취소하고 부랴부랴 집엘 왔는데
당신이 없더군요
남모르게 울고 싶어
호원사에 갔을 수도 있단 생각,
그게 아니라면
망월사 돌계단을 밟고 있으려나

죽음의 몸이 되어 보니까 삶이 모두 엄살이더군요
김치찌개를 싫어했지만 비계 달린 고기 한 점이 그립네요

거실에 눕고 나니까 잔소리처럼 또 졸립니다
지금도 시를 쓰고 있군요
주일이면 성당에 가는군요
성모상 앞에 두 손 조아릴 때
오늘도 꾸뻑꾸뻑 졸았다고 말하지 말길 바랍니다
미사 후엔 복잡한 것이 단순하게 보일 테니까

쉼표 하나를 찍었다

초여름 산비탈 매화나무에서 매실을 가져왔다

당신을 마주 보고서 꼭지를 톡톡 땄다
빗소리도 따고 햇볕도 따고 바람도 땄다
잔소리도 땄고 소주 한 병도 땄다
죽음마저 딸 수 있었으면 좋았을 텐데
차마 말하지 못했다

유리병 뚜껑에 날짜를 보았다
2020년 6월 18일
설탕에 절어진 매실들이 뚜껑을 열고자
부풀어 오르고 있었다

나는 바라만 봤다,
병 속에 담긴 우리의 유월을
개봉하기 두려웠다, 추억이 나를 찌를까 봐

뚜껑을 따자 당신의 목소리가 샜다
나를 잡았던 손길이 샜다
자박하게 차오르는 입술이 샜다

너와 나의 비율은 삶과 죽음이었다

유리병엔 산 자의 얼굴이 보인다
유리병엔 죽은 자의 얼굴이 보이지 않는다
2020년 6월 18일,
쉼표 하나를 찍었다

블루프린트

오늘은 음악을 쬐고 싶은 날이죠
핫한 스피커는 모두 모여 있지요
갖가지 모양의 스피커가 폭발을 기다리고 있지요

어서 오세요 당신이 첫 손님이에요
코로나로 며칠째 개시도 못 해 본 그리고 우울한 골목,
우퍼의 울림을 따라오셨으니
최고의 폭발을 보여드리지요

자! 에코 테스트를 해 볼까요
그렇게 귀를 바싹 대면 난청이 오죠
조금 떨어져서 울림을 구분해 보세요
사람도 적당한 거리가 필요하잖아요

거기 의자에 앉으세요
어떤 밴드를 초대할까요
혼, 컬럼, 주물 혼, 나팔 스피커
지구 반대편에서 떠도는 그리움을 잡아 보는 것도 재미
있어요
수신된 잔별들을 품어 보세요

>

저 큰 스피커에서 나오는 소리를 들어 보셨나요

내가 사는 별에는 저렇게 큰 스피커를 놓을 자리가 없어요

어느 별이지라고 묻는다면

제가 들고 있는 이 작은 스피커로도 별 전체가 다 들을 수 있는 별, B-612 소행성이에요

플러그를 꽂듯 그냥 양손을 잡아 주면 되죠

물오리 울음이 마르는 오후

당신은 당신 자체에게 엄격했지
옷 한 벌 챙겨 입고
걷는 것이 힘에 부치는구나
둔덕이 더듬거리며 발을 맞춰 줘서 다행이야

그림자는 걸음을 옮기지 못했는데
자꾸만 눈길은 길을 옮겼네
여울같이 나도 휩쓸리고 싶었는데
길이 나를 놓아주지 않고 걷게 했네

서리에 꼿꼿하게 말라 죽은 것도
그냥 당신이 쏘아붙이는 안부만 같아
앞서 걷지 못했네
보랏빛으로 굳어 있는 꽃들
온전히 죽음에게 스며들지도 못했네

그만 부동자세로 서 있고 싶었네
괜찮냐고 묻는 당신의 목소리
나를 소름 돋게 하고
폴폴 오후를 아프게 하고

나는 바람에게 손을 내밀어 보는데
거기 한 호흡이 있어
이 악물고 사는 것이 삶이라고 일러 주었네
물오리 울음이 마르는 오후였네

그러니까 가마우지

내 속엔 가마우지가 살고 있어요

물끄러미 삼월이 나를 쳐다봐요

가마우지는 삼월보다 먼저 일어나요

가마우지는 바다보다 먼저 일어나요

그래서 나는 가마우지를 좋아해요

내가 자꾸 서쪽으로 기울어 가도

가마우지는 검은빛으로 휙, 날아오고

휙, 날아가요

지구 세 바퀴를 돌아온 가마우지를 생각하면서

나는 종탑 아래 무릎 꿇고 기도를 해요

한 사람의 목숨을 가늠해 보았어요

갈대밭에서 흔들렸을 마음을

동쪽에 두고 돌아온 몸을 두고

왜 가마우지만 데리고 온 걸까요

가마우지는 모래 발자국으로 점을 친대요

노을 뒤로 숨어드는 별자리로

윤슬의 손을 잡고 아침을 맞는대요

그러니까 가마우지의 영역은

일주일의 이야기로 끝나겠지만

가마우지는 나쁠 것도 좋을 것도 없는 짐승이니까

나는 가도 가도 내리막길이 없는 사람을 위해
가마우지의 바다 쪽으로 경이롭게
빨려 들어가는 방법을 생각해요
내 등 뒤로 못난 것들만 남겨지도록

당신이라는 별자리를 위한 사랑의 노래

이형권(문학평론가)

1. 병의 은유, 다른 생각

어느 시인은 "자네는 나의 정다운 벗, 그리고 내가 공경하는 친구"(조지훈, 「병에게」)라고 노래한다. 인간은 어차피 병과 함께 살아갈 수밖에 없는 존재이니, 병을 "친구"라고 여기고 삶의 동반자로서 자기의 삶을 성찰하는 계기로 삼고자 한 것이다. 병은 자기의 삶뿐만 아니라 주변 사람의 삶에도 관련되는 것인지라, 자신이 건강하다고 해도 병에서 완전히 자유로운 사람은 없다. 우리가 살아가는 과정에서 자신의 병보다도 타인의 병을 더 빈도 높게 접하기 마련이다. 우리는 가족이나 친지뿐만 아니라 친구나 공적인 인물의 병을 곁에서 혹은 멀리에서 공감하며 산다. 그런데 사람들은 자신의 병에 관해서는 너그럽지만, 타인의 병에 대해서는 빼딱한 시선을 간직하는 것이 일반적이다. 수잔 손택(S. Sontag)이 『은유로서의 질병』에서 말한 대로 사람들은 병을 사회적, 인간적 타락의 은유로 해석하곤 한다. 이러한 시선은 병에 대한, 아니 인간에 대한 일종의 편견이자 폭력이라고 말할 수 있다. 깊이 생각해 보면, 병은 인간이 피할 수 없는 삶의 일부가 아닐 수 없다.

　병은 죽음에 이르는 통로일 수도 있고, 새로운 삶의 계기가 될 수도 있다. 시인은 역설적 인식 속에서 살아가는 존재이므로, 시를 쓴다는 것은 후자의 생각을 실천하는 행위이다. 시인은 병을 자신 혹은 타인의 삶을 이해하고 성찰하는 매개로 삼을 줄 안다. 시를 쓴다는 것은 비루하고 부조리한 세상을 응시하면서 그 이면에 숨겨져 있는 진리 혹은 진실의 세계를 탐구하기 위한 것이다. 이 시집에서 빈도 높게 등장하는 병과 관련된 시편들은 이러한 차원에서 병 이전에는 알지 못했던 자기 자신이나 타인의 삶에 관해 깊은 성찰과 발견을 드러낸다. 이 시집에 등장하는 병은 일차적으로 "당신"의 것인데, 시인은 병을 얻은 "당신"과 함께하면서 "당신"의 존재에 대해 섬세하고 다양한 인식을 한다. 나아가 "당신"의 병과 그로 인한 "당신"과의 이별을 계기로 시인은 자기의 삶을 다시 한번 돌아본다. 병과의 이별을 인간 이해, 인생 성찰의 계기로 삼은 것이다.

　이 시집에 가장 빈도 높게 등장하는 시어는 "당신"이다. 대부분의 시편이 병을 얻은 "당신"을 관찰하면서 인생의 본

질이나 인간 사이의 관계에 관해 사유하는 것을 내용으로 한다. 사전적으로 당신은 2인칭 대명사와 3인칭 대명사의 두 가지 의미를 지닌다. 2인칭 당신은 상대방을 높이거나 낮추어 부르는 것인데, 보통 부부 사이에 상대방을 높여 부를 때 사용한다. 3인칭 당신은 조상이나 신을 극히 높여 부를 때 사용한다. 이 시집에서 당신은 2인칭, 그 가운데서도 상대를 높여 부르는 것으로 사용되고 있다. 이 시집에 등장하는 "당신"은 시인 혹은, 시적 화자가 일평생을 함께 살아온 삶의 동반자이다. 다른 측면에서는 시인이 일평생 추구해 온 삶의 어떠한 가치나 신념이라고 볼 수도 있다. 이 경우 그러한 가치가 위기(병)에 처함으로써 그 가치에 대해 더 깊이 성찰하는 것이라고 해석할 수 있다. 물론 인간과 가치를 동시에 지칭하는 것으로 볼 수도 있다.

전지우 시인에게 "당신"은 한 인간으로서의 존재를 자각하게 해 주고, 한 시인으로서 삶을 살게 해 준 존재이다. "당신"은 우리 시의 전통 속에서 이어져 왔던 임의 현대적 변용이라고 할 수 있다. 고려속요나 조선의 가사에서부터 김소월이나 한용운의 시에 등장하는 '임'의 전통적 맥락 속에 있는 것이다. 그러나 "당신"의 시는 시적 주체의 정신적 차원뿐만이 아니라 구체적인 일상이나 한 인간으로서의 내면을 깊이 파고든다는 점에서 임의 시와 다르다. 즉 "당신"은 하늘의 별자리처럼 변함없이 사랑하는 사람이지만, 병상 체험을 함께하면서 인간의 실존적 불안과 절망, 고독 등에 관한 깨우침을 전해 주는 존재이다. "당신"은 또 시인이 그러한 인간 실존에 바탕을 둔 시를 창작하게 하는 원동력으로 작용한다. 하여 "당신"은 인생의 근원과 시의 본질을 깨닫게 해 주는 존재인 셈이다. 이 시집의 시편들은 이러한 깨달음을 세련된 시적 감각으로 형상화한 전지우 시인의 인생론 혹은 인생 시편이라 할 수 있다.

2. 당신의 병과 나의 인생

"당신"은 이 시집의 주인공이다. "나"는 "당신"에 관한 이야기를 전하는 사람으로서 곧장 전지우 시인이라고 해도 무방하다. 물론 시인과 화자는 완전히 일치하는 것은 아니지만, 이 시집의 "당신" 시편들에서 화자는 시인과 별반 차이가 없다. 어쨌든 이 시집의 중심 화제는 "나"와 "당신" 사이에서 벌어지는 일들이다. 이 시집의 화소들을 재구성해 보면, "나"는 삶의 동반자인 "당신"이 불치의 병을 만나자, "나"는 당신을 온갖 정성을 다하여 희생적으로 돌보았다. 하지만 "당신"은 "병"을 이기지 못하고 끝내 저승으로 떠났고, "나"는 그러한 모든 과정을 겪으면서 느낀 복잡한 심회와 그리움을 안고 살아가고 있다. 하여 "당신"은 "나"에게 단순한 생활의 동반자를 넘어 인생의 의미를 깨닫게 해 준 존재이다. 이 시집을 열자마자 등장하는 "자목련"의 풍경은 그러한 "당신"의 존재 의미를 암시해 준다.

담장을 타는 것은 봄이 아니라 자목련이었다

자목련 꽃 속엔 골목과 집이 있다 응급실 가는 저녁이
점점 멀어지고 있다
점점 야위어 가는 피부처럼 나무는 흰색이 아닌 자색 빛
으로 주머니를 짓는다
내가 당신의 약봉지 알약에 집중하는 동안,

주머니는 왜 입 모양으로 피는 걸까
먹구름 속을 다녀온 번개의 입술 같다

오늘도 나는 당신의 등이 왜 뒤척이는지 묻지 못했다
봄밤이 조금씩 구겨 놓은 것은 꽃잎도 바람도 아니다
단 한 순간이라도 진실에 가까이 닿을 수만 있었으면 하
는 마음이다

저 자목련은 휘파람을 부는 것인지, 그림자가 부풀고 있다
습한 것이 담장 밑의 눈 뭉치를 녹이고 있다
끈끈하게 달라붙은 달빛처럼 한번, 담장이 출렁거린다

더 이상 몰락하지 않았으면 좋겠다
더 이상 구겨지지 않았으면 좋겠다
자목련을 통해 보는 세상이 있다

나는 당신과 함께 밖을 내다본다

숨이 공손해지는 밤이다

당신의 병은 깨지지 않는다

자목련이 무한히 열려 있는 곳,

우리는 공중에 담장을 내며 살고 있다

—「자목련의 노래」 전문

  이 시의 "자목련"은 병중의 "당신"을 은유한다. "담장을
타는 것은 봄이 아니라 자목련이었다"라는 첫 시구는, 병상
에서 봄을 맞이하는 "당신"과 "나"가 지닌 춘래불사춘春來不
似春의 심정을 드러낸다. "나"는 병실의 "담장" 곁에 서 있
는 "자목련"을 보면서 병실의 방과 밖의 단절감을 느낀 것
이다. 병중의 "당신"과 그 곁을 지키는 "나"는 "담장" 곁의
"자목련"처럼 병실 너머의 세상과 분리된 듯한 느낌을 받은
셈이다. "자목련"의 이미지는 이러한 느낌과 관련된다. 이
시의 "자목련"은 주변에서 흔히 볼 수 있는 백목련과 색감
이나 분위기가 사뭇 다르다. 백목련은 깨끗하고 숭고한 분
위기를 보여 주지만, "자목련"은 다소 어두운 색감으로 우
울한 분위기를 드러낸다. 2연에서 "자목련"의 개화를 "점점
야위어 가는 피부처럼" "자색 빛으로 주머니를 짓는다"라고
한 것은 그러한 분위기와 관련된다. 더구나 목련은 개화 기
간이 매우 짧다는 점에서도 생명의 시간이 길게 남지 않은
병중의 "당신"과 유사하다.
  "자목련"이 "먹구름 속을 다녀온 번개의 입술 같다"라는

것은, 병중의 시련을 거쳐 온 "당신"이 무엇인가 하고 싶은 말이 많음을 암시해 준다. 즉 병상의 "당신"이 "뒤척이는" 것을 "나"는 떨어진 꽃잎이 들썩이는 것처럼 간주한다. 이는 병이 중하여 "진실에 가까이 닿을 수만 있는 마음"을 표현할 수 없는 "당신"의 상황을 알려 준다. 그러나 "당신"의 병이 달라질 기미는 보이지 않는다. 그래서 "끈끈하게 달라붙은 달빛처럼 한번, 담장이 출렁거"리는 모습을 보면서 "당신"이 낙화한 자목련 꽃잎처럼 "구겨지지 않"기를 소망한다. "당신의 병은 깨지지 않는다"는 것을 알면서도 더 악화는 되지 않았으면 하는 바람을 드러낼 뿐이다. 이는 자목련이 꽃을 피우는 봄날에도 "당신"과 "나"는 병실이라는 작은 공간에서 갇혀 살 수밖에 없는 데서 오는 심정이다. 하여 "자목련이 무한히 열려 있는 곳"에서도 "우리는 공중에 담장을 내며" 폐쇄된 삶을 살고 있다는 생각에 이른 것이다.

"나"는 병중의 "당신"과 병실 공동체라고 할 수 있을 만큼 "당신"의 병간호에 열성적으로 임하고 있다. 이 시집의 여러 시편에 등장하는 그러한 행동과 마음가짐은 희생적이라는 말이 어색하지 않을 만큼 정성을 다하는 모습이다. 하지만, "당신"의 병과 함께 살아가면서 언뜻 안 듯 다가오는 슬픔과 절망감을 어찌 할 수가 없다.

창문은 어디로 가도 창문, 창문에 비친 마음을 생각합니다

비, 방울, 비, 방울, 왜 방울 가진 것들은 사선으로 떨

어질까요

　링거는 작은 초침인지 모르겠어요
　당신의 오줌 주머니는 오늘도 노랗군요

　창문은 내게 화폭 같아요 땅끝 바람과 물과 유자를 뭉
개고 싶어요 저것들을 섞으면 내 불안한 마음을 감출 수 있
을까요
　질감 따위 상관없어요, 나는 불면과 멀리 떨어지고 싶
거든요

　삶을 질질 끌고 가는 것은 환자복의 밑단 같아요 오천 원
짜리 슬리퍼 같아요 발등 옆구리가 쉽게 뜯기니까요

　이 창문엔 어떤 비가 와서 빗금을 내는지
　사랑을 바라보게 하고 죽음까지 엿보게 할까요

　창밖은 빗소리만 잦아들어요 작은 잎사귀들이 비의 혈관
에 바늘을 꽂나 봐요 나의 눈빛이 지그시 떨리네요 비는 사
선, 눈물은 수직으로 떨어지네요
　　　　　　　　　　　　—「창문, 창문, 창문」 전문

시의 제목이기도 한 "창문"은 앞서 살핀 「자목련의 노래」
에 등장하는 "담장"과 대비되는 의미를 지닌다. "창문"이나

"담장"은 모두 병실에서 느끼는 "나"의 심리 상태를 상징하는 것이지만, "담장"이 세상과의 단절감을 드러내는 것과 달리 "창문"은 내적 자아와의 소통을 매개하는 역할을 한다. 사실 환자를 돌보는 사람은 자신의 감정을 드러내지 않는 것이 바람직하다고 한다. 돌보는 이가 고단함을 내비치면 환자의 치유에 방해가 되기 때문이다. 그러나, 그렇다고 하여 자신의 감정을 억압하는 것은 자신이나 환자를 위해서 바람직하지 않다. 때로는 자기 자신의 감정선을 한번 살펴봄으로써 환자를 간호하는 일에 더 진솔해질 수 있기 때문이다. 시의 앞부분에서 "창문에 비친 마음"은 바로 그러한 감정선을 의미한다. 시의 화자는 "당신"의 간호를 하면서 느끼는 "마음"을 응시하면서 자기 자신을 정직하게 성찰해 보려는 것이다. 정직한 성찰을 병간호의 고단함을 극복하기 위한 디딤돌로 삼고자 하는 것이다.

자신의 마음을 살피기 위해 "나"는 "왜 방울 가진 것들은 사선으로 떨어질까요"라는 질문에서 시작한다. 이때 "방울"은 "창문" 밖으로 내리는 "비"를 의미하는 것이지만, "창문" 안 병실의 "링거"나 "오줌 주머니"에서 떨어지는 액체와도 유사성을 지닌다. 이들 "방울"이 "사선"으로 떨어진다는 것은 정상적이지 못한 삶의 정황을 암시해 준다. 삐딱하게 기울어진 선은 병중의 삶을 더불어 살아가고 있는 "당신"과 "나"의 현실을 상기시켜 주는 것이다. 특히 정상적인 삶을 살아야 할 "나"가 "불안한 마음"이나 "불면"에 시달리는 것은 비정상적이다. "당신"의 병으로 "나" 또한 마음의 병을 얻어 사는 셈이다. 하여 "창문"을 통해 "사선"으로 내리는 "비"를 바라보면서 "사랑"과 "죽음"에 대해서도 생각해 본다. "당신"을 사랑한다면 "당신"의 병까지도 사랑해야 한다는 것, 그 병으로 인한 "당신"의 "죽음"도 떠올리는 것이다. 이런 생각에 "나"는 자신의 "눈물"이 뚝 떨어지는 모습을 보면서 "비는 사선, 눈물은 수직으로 떨어지"는 것이라고 여긴다. "눈물"의 현실을 "수직"처럼 정직하게 성찰하면서 "비"의 "사선"과 같은 비정상적인 현실을 인식, 극복하고자 하는 것이다.

그런데 병실은 재생의 공간이기도 하지만 죽음의 통로이기도 하다. 이 시집의 "당신"에게 병실은 안타깝게도 후자의 역할을 하는 장소이고, "나" 역시 그러한 역할을 하는 모습을 눈앞에서 바라볼 수밖에 없다.

> 호스피스 동쪽엔 매화가 붉어요
> 동쪽으로 가까워지는 방은 매화 너머에 있어요
> 봄가을 없이 두 개의 계절을 입과 코와 눈에
> 달고 사는 당신, 죽음을 잘 읽는 책인가 봐요
>
> 성품이 곧았던 책이 허물어지고 있어요
> 몸에 기생하는 날씨가 각질을 만들어요
> 죽음을 벗는 날이 옷을 입는 것처럼
> 힘든가 봐요 소변 주머니만이 노란 달개비 같아요

며칠 전만 해도 나는 두려움을 찢는 용기가 솟길
기도했어요 동쪽으로 가면 숨이 도굴된다지요
당신은 양팔로 찌그러진 하트를 그려 놓곤 했는데요
나는 데구루루 굴러가는 화병처럼 깨지고 싶었어요
마음을 깨트리고 싶었어요
그러나 음악치료사는 감정을 들키지 말라 하였죠

개관 호스로 가늘게 드나드는 사흘 낮밤이
〈당신은 사랑받기 위해 태어난 사람〉을 불러 주었죠
당신은 죽음마저 놓아주지 않았죠
가장 먼저 귀는 소리를 썩게 한다죠
두서없는 말을 꺼내지 않도록
동쪽, 저 매화, 내 눈에서 터진 실핏줄이었어요
　　　　　　　　　　　　　　　—「동쪽, 저 매화」 전문

　이 시의 공간은 "동쪽"으로 "호스피스" 병동이 보이는 병
실이다. 첫 시구 "호스피스 동쪽엔 매화가 붉어요"는 봄의
계절 감각을 알려 주고 있다. 붉게 핀 매화는 항상 선구적
인 봄의 전령사로서 사람들에게 희망을 전하는 꽃나무이
다. 그러나 이 시에서 "매화"는 그런 희망의 메신저가 아니
다. 죽음이 가까운 환자들이 모여 있는 "호스피스" 병동을
배경으로 서 있는 "매화"는 오히려 절망감을 강조하는 역
할을 한다. "당신, 죽음을 잘 읽는 책인가 봐요"에 보이듯,
"당신"은 "죽음" 가까이 다가가고 있으니, "매화"가 전하는

봄의 희망을 맞이할 수 없다. 나날이 깊어 가는 "당신"의 병증에 죽음("숲이 도굴")을 연상하면서 "두려움을 찢는 용기"를 간구하고 있을 따름이다. 온전하지 못한 몸으로 "양팔로 찌그러진 하트를 그"리는 "당신"의 모습조차도 안타까울 뿐이다. 하여 병실에서 바라본 "동쪽, 저 매화"는 아름다운 희망보다는, "내 눈에서 터진 실핏줄"처럼 초조함과 안타까움을 상징하는 것이다.

이 시집에서 펼쳐지는 비극은 "당신"의 병으로 인한 것이지만, 가족사나 사회적 상황과도 무관하지 않다. "당신"의 병으로 인한 슬픔은 이들 때문에 더 깊어진다. 즉 "몇 해 전 오빠가 죽자 언니는 몇 날 며칠 벙어리로 살았다 손톱도 깎지 않고 방으로 들어갔다 달무리 지듯 언니가 어디에 있는지 불은 꺼졌는지 우리는 숨을 삼켜야 했다"(「참척, 무당거미」)라는 부분에서, 화자는 "오빠"의 죽음을 자식이 부모보다 먼저 죽는 "참척慘慽"의 슬픔에 빗대고 있다. "슬픔은 네모난 관 뚜껑 같구나 구면인 것 같구나"(「관 뚜껑과 구면」)라고 말하기도 한다. 또 "확진, 사망, 숫자만이 맑고 쾌청한 흐름이다// 오늘도 선별 진료소로 들어가는 입구는, 얼굴 중심이다 얼굴 없는 마스크만이 창구로 모여든다"(「두려움의 실체」)에서는, 코로나로 인한 인간(성) 상실의 사회 현상에 주목하고 있다. 이러한 슬픔이 모여 "나"는 마음의 병을 앓기도 한다. "나"는 "새가 거미줄에 걸려 있"는 모습을 보면서 "절규에도 골절이 있다/ 그것은 벽돌이 아니다/ 불안은/ 갈비뼈가 버린 핏빛 노을이다"(「나는 거미줄, 벽돌」)라고 "절규"하면서 "불안"감에 빠져든다. 시인의 분신이라 할 "나"는 "당신"의 병, 가족과 사회의 병과 함께 살아가면서 삶의 비극에 동참하고 있는 셈이다.

3. 떠남, 새로운 만남의 형식

병실이 죽음의 통로라는 사실은 이 시집의 여러 시편에 암시되어 있다. 한 생명으로서의 "당신"이 죽음과 고통스럽게 대면하는 과정을 바라보면서 "나" 또한 고통을 체감한다. "당신은 죽음을 내다보고 있고 나는 삶이 혹독한 체벌일 수 있다고 쓴다"면서 "자벌레만이 등나무의 고통을 잴 수 있다고 말했다"(「등나무와 자벌레」)라는 시구에 그러한 "고통"이 잘 드러난다. "당신"은 "등나무"로 "나"는 "자벌레"로 비유되고 있는 이 시에서, "자벌레"가 "등나무"의 줄기와 한 몸이 되어 살아가듯이, "나"는 병중의 "당신"과 고통의 공동체로 사는 것으로 인식된다. 그러나 "당신"은 "나"와의 그러한 관계에도 불구하고 끝내 죽음의 세계를 거부할 수 없다.

뒤돌아 앉은 몇 걸음 어둠도 비어져 나와 자오록하다
15평 장례식장, 희고 검은 것들로 번들거렸다
소낙비를 입으면
몸이 뒤따라 보내진다고 했다
통곡이 나무토막같이 불기도 했다

번개를 감고 죽을 수 있다는 말,

저녁의 얼굴이 한참이나 나를 돌아보았다

발소리가 모아지고

멀어지는 것이 하얘지기 시작했다

발 딛고 서 있는 모든 것들이 안녕을 고하듯

거센 악수를 내밀듯 여름비가 그렇게

쏟아지고 있었다

―「여름비가 그렇게」 부분

당신은 솔직함마저 버릴 데가 없는 사람

말하고 싶지 않을 때가 더 많은 사람

침묵이 긴말이라면서 먼 길을 내다본 사람

지금은 어딘가로 떠나야 하므로

나는 그냥 있을 수가 없었네

긴말하기 전에, 말하지 않으면

땅의 문이 열린 것도 모르는 사람아

입을 여는 일이

왜 그렇게 멀고 힘든지

내가 쓴 편지엔 바람 소리나 가득했으면 좋겠네

귀를 문풍지처럼 열어 놓고

나를 놓고 떠난 죄, 종일 귀나 씻었으면 좋겠네

―「긴말하기 전에」 부분

앞의 시는 "당신"을 떠나보내는 "장례식장" 풍경과 "나"의 심정을 드러내고 있다. "통곡"이 난무하는 "장례식장"에서 "번개를 감고 죽을 수 있다는 말"을 생각하며 병상을 함께 지켜 온 "당신"과 갑작스러운 이별을 애통해하고 있다. 한 인생이 저물어 가는 "저녁의 얼굴"이 "나를 돌아보았"고, "나"는 "당신"과의 이별이 "모든 것들"과의 "안녕"처럼 느껴진다. 마침 "여름비"가 이별의 "거센 악수"처럼 모든 것을 휩쓸어 갈 듯이 세차게 쏟아지고 있었다. 뒤의 시는 떠나간 "당신"을 회상하는 내용이다. 거짓 없는 "솔직"과 지혜의 "침묵"으로 살아온 "당신"을 회상하면서 "어디론가 떠나야" 한다고 생각한다. "당신"이 이승을 떠난 것처럼 "나" 또한 어디론가 떠나야 한다고 여긴다. 그리고 생전에도 "침묵"으로 살았던 "당신"이 죽어서도 더 큰 "침묵"으로 존재하니 답답할 뿐이다. 하여 "나"는 "내가 쓴 편지엔 바람 소리나 가득"하여 "당신"을 향한 내 마음을 전해 주기라도 했으면 한다. "나를 놓고 떠난 죄"로 "바람 소리"같이 허무한 "나"의 이야기에 "귀" 기울여 주길 바라는 것이다.

"당신"과의 이별이 주는 슬픔은 시간이 지나도 쉽게 가라앉지 않는다. 그 시간을 벗어나려 해도 "당신이 지워진 자리를 맴돌다 물처럼 다시 여기에 고인다"(「물푸레나무 서식書式」)라고 한다. "물앵두가 익은 초여름, 당신 떠나보낸 뒤/ 나는 절벽이 되어야 했다"(「절벽의 사생활」)라고 고백한다. 당신을 향한 그리움은 시간이 지날수록 더욱 가슴 깊이 파고든다.

아마 설악산에 첫 단풍이 내려올 때였어 나는 종로 4가
에서 5가로 걸어갔지 이유 없이 걸었지 걸으면서 청계천의
힘줄이 된 잉어들을 보았어
　왜 시월이면 모든 것이 선명해질까, 잎 가진 것이 왜 붉
어지는지 당신을 떠나보낸 후에야 알았지
―「당신은 귀엣말로 사라졌지」 부분

　봉투를 보니까 봉숭아 씨앗이 있었다
　당신의 배꼽 때 같기도 했다
　당신이 보낸 봄의 영수증,
　삼년상을 지나고 있었다
―「당신의 영수증」 부분

　당신, 오래 닫힌 경첩의 몸이라서
　몇 번이고, 똑 똑 똑, 꽃이 문 여는 소리로 말하겠어요
　그것이 침묵이겠지만
　차 한잔 대접하는 일,
　이 봄밤에 하고픈 일이었어요
―「하고 싶은 일」 부분

　이들 시구는 모두 "당신"을 향한 그리움을 노래하고 있
다. 어느 가을날 "종로"와 "청계천"을 걷던 추억을 떠올리
면서 "잎 가진 것이 왜 붉어지는지" 생각하면서 "나"는 "당
신"이 떠난 일을 나무에서 잎이 떨어져 나가는 일과 동일시

한다. 또 "삼년상을 지나고 있었"던 어느날 "당신"이 남긴 "봉투"에서 "봉숭아 씨앗"을 발견하고 그것이 "당신이 보낸 봄의 영수증"이라고 여긴다. "당신"은 비록 저승으로 떠나 갔지만 "나"에게 봄을 보내 주었다고 생각하는 것이다. "당신"이 보낸 그 "봉숭아 씨앗"을 뜰에 심어 꽃을 피우면 그것은 바로 "당신"의 마음이라고 여길 터이다. 여전히 "나"는 "차 한잔 대접하는 일"을 원하고 있다. 그렇다면 병상 이전의 "당신"과 병상의 "당신", 그리고 병상 이후 죽음의 세계로 떠난 "당신"은 모두 "나"와 봄의 공동체를 이루고 있다.

"당신"이 내게 준 이별의 슬픔은 "나"에게 삶의 의미를 깨닫게 해 준다. 인간의 감정 가운데 슬픔은 자아로의 침잠을 통해 삶에 관한 성찰을 유도한다. 그것은 휘발성의 감정인 기쁨이나 즐거움과 달리 자아의 깊은 곳으로 "나"를 안내하는 역할을 하는 것이다. 하여 전지우 시인은 슬픔을 고마운 존재라고 노래한다.

주먹만 한 슬픔이 내 목숨을 구할 줄이야

아무런 힘이 없을 것만 같은 슬픔, 힘을 준다
나를 고려산 줄기에서
해안선으로 끌고 다녔다 슬픔은 갯벌로
나를 데려갔다
얼굴에 진흙을 발라 두었다
눈물은 진흙 얼굴 위로 길을 내었다

멍한 시선이 한 곳에 꽂히자
노을이 떠올랐다
빨갛게 피어나고 있었다
처음부터 슬픔 같은 것은 없었는데
왜 내게 슬픔이 찾아와 숟가락을 들게 하고
이불을 뒤집어쓰게 했을까

나는 슬픔으로 깨어난 사람이다
아니, 깨어진 사람이다
오늘은 설거지를 했는데
슬픔이 닦여 있는 것을 본다
소금쟁이처럼 나를 떠오르게 하는 슬픔,
나와 함께 없어지기 위해
구부정한 물길 바깥으로 빠져나온다
　　　　　　　　　—「그래도 고마운 슬픔」 전문

　이 시는 "주먹만 한 슬픔이 내 목숨을 구"했다는 문장으로
시작한다. "슬픔"이 "힘을 준다"고 고백하기도 한다. 그 "슬
픔"이 무엇인지는 구체적으로 나타나 있지 않지만, 2연의 "처
음부터 슬픔 같은 것은 없었는데"라는 시구를 보건대 "슬픔"
은 후천적인 삶의 조건이라는 점을 짐작해 볼 수 있다. 그러
나 분명한 것은 "슬픔"이 "나를 고려산 줄기"에서 "해안선"과
"갯벌"로 "데려갔"고, "얼굴에 진흙을 발라 두었"는데 그 위
로 "눈물"이 "길을 내었다"라는 사실이다. 이는 "슬픔"으로

방황했던 기억을 떠올리는 대목으로 보인다. "노을"의 풍경을 떠올리는 것은 그러한 "슬픔"의 배후가 일련의 상실감이나 시간의 흐름과 연관된 듯하다. 어쨌든 이 시의 가장 흥미로운 부분은 3연의 "나는 슬픔으로 깨어난 사람이다/ 아니, 깨어진 사람이다"라는 시구이다. "슬픔"은 자신을 상처로 얼룩진 "깨어진 사람"으로 만들기도 했지만, 삶의 가치를 각성한 "깨어난 사람"으로 만들어 주었다는 것이다. 이 각성은 "소금쟁이처럼 나를 떠오르게" 하는 것, 즉 자아를 각성하게 하는 것이다. 이때 "나"는 "슬픔"으로 얼룩진 "나"와는 다른 나이다. 이 각성으로 인해 전자로서의 "나"는 없어지지만, 후자인 "나"는 전자로서의 "나"를 극복한 새로운 "나"로 다시 태어난다. 그렇다면 "슬픔"은 "나"를 거듭 태어나게 한 고마운 존재임에 틀림이 없다.

이처럼 전지우 시인은 슬픔을 극복하는 일을 내면의 성찰에서 찾는 것인데, 다른 한편으로는 예술의 세계에 몰입하는 데서 찾기도 한다. 예술은 현실의 슬픔을 치유하는 데 특효가 있는 명약이기 때문이다.

빨래가 널린 집들 건너편, 그 감자밭에서
나는 에곤 실레의 붓을 훔쳐 온 죄로
부엉이 발자국이
흰빛이라는 것을 알려 주려고
감자밭을 한 바퀴 더 돌았다

부엉이가 흐느끼며 운다

감자꽃이 조금 더 흰빛으로 늙어 가는 것 같다

더 이상 내 것 아닌

저 실레의 붓

마지막 순간까지 그의 영혼마저 훔쳐 왔다

감자꽃이 나를 미래로 흐르게 했다

—「감자꽃」 부분

죽음의 몸이 되어 보니까 삶이 모두 엄살이더군요

김치찌개를 싫어했지만 비계 달린 고기 한 점이 그립네요

거실에 눕고 나니까 잔소리처럼 또 졸립니다

지금도 시를 쓰고 있군요

주일이면 성당에 가는군요

성모상 앞에 두 손 조아릴 때

오늘도 꾸뻑꾸뻑 졸았다고 말하지 말길 바랍니다

미사 후엔 복잡한 것이 단순하게 보일 테니까

—「단순한 목소리」 부분

　　앞의 시 첫 시구에서 "에곤 실레의 붓을 훔쳐 왔다"는 것
은 "나"가 지닌 예술적 본능을 표현한 것이다. "에곤 실레"
는 공포와 불안에 사로잡힌 인간의 본성을 그로테스크한 육
체 이미지로 형상화한 오스트리아의 표현주의 화가이다.
그의 "붓"은 적나라한 성性과 죽음을 통해 인간의 진실을 역
설적으로 드러내고자 했다. 그는 독특한 그림을 통해 "부엉

이"의 울음이나 "감자꽃"이 "늙어 가는 것"과 같은 인간 삶의 어두운 국면을 승화하고자 했다. "나"가 "그의 영혼마저 훔쳐 왔다"라는 것은 그러한 역설의 예술혼을 자기의 삶과 연관 짓고자 했다는 것이다. 뒤의 시에서 "시를 쓰"는 일은 앞의 시에서 "에곤 실레"가 그림을 그리는 일과 다르지 않다. 현실의 삶 가운데서 "죽음의 몸이 되어 보니까 삶이 모두 엄살"이라는 진단은 삶의 극단까지 가 본 사람만이 할 수 있는 말이다. 그 사람은 가령 "비계 달린 고기 한 점"과 같은 일상마저도 소중하다는 점을 깨달은 사람이다. 그가 "지금도 시를 쓰고 있"다는 것이나 "주일이면 성당에 가는" 것도 그러한 깨달음을 위한 것이다. "시"든 "성당"이든 모두 현실의 비루하고 속악한 삶을 넘어서기 위한 정신 혹은 영혼의 활동과 관계되기 때문이다. 즉 "나"가 "시"와 "성당"을 찾는 이유는 현실의 복잡한 삶을 "단순하게" 하여 평안한 영혼으로 나아가기 위한 것이다.

4. 병 이후, 당신이라는 별자리

인생을 산다는 것은 크고 작은 병과 동행하는 일이다. 누구든 자기의 인생에 병이 찾아왔을 때 불행과 슬픔을 느낀다. 병은 자기 자신뿐만 아니라 주변의 가족이나 친지, 친구들과의 관계에도 제약을 가져온다. 그러나 병이 반드시 부정적인 영향을 가져오는 것만은 아니다. 병은 인간을 죽음으로 몰아가기도 하지만, 새로운 희망의 삶을 살아가는 계기로 작용하기도 한다. 병에서 새로운 희망을 찾는 것은 역설적이다. 그것은 현실의 논리를 넘어서는 시적 논리이자 마음의 문제이다. 시인이 시를 쓴다는 것은 그러한 역설을 실천하는 일이다. 이 시집에 빈도 높게 등장하는 "당신"의 병은 시인에게 커다란 불행의 씨앗임에 틀림이 없다. 시인은 "당신"의 병을 가장 가까이에서 함께 견디어 냈을 뿐만 아니라, 병으로 인한 "당신"과의 사별을 경험하기도 했기 때문이다.

그러나 전지우 시인은 그러한 불행과 슬픔을 역설적으로 승화시킬 줄 아는 존재이다. 병은 시인에게 인간을 향한 진실과 그리움을 알게 해 주었을 뿐만 아니라 시를 쓰게 하는 원동력이라 할 수 있다. "당신"의 병과 죽음에 대한 많은 시편 가운데 그에 관한 불평이나 불만을 드러낸 것이 거의 없다는 사실은 주목할 만하다. 시인은 "당신"의 병과 죽음을, "나"를 다시 발견하고 인생과 사랑을 근원적으로 성찰하는 계기로 삼은 것이다. 이러한 일은 "강가에서 유품遺品을 태운 적 있다 수백 마리의 불티가 날아올라 점점이 하늘에 박히는 걸 보았다 별은 지금도 매캐하다"(「어둠에 우러나다」)라는 사실의 발견과 관계 깊다. 전지우 시인은 지상의 어두운 고통을 하늘의 "별"빛으로 빛나게 하는 재주를 지니고 있는 것이다.

저물녘, 꽃나무와 연두가 눈에 비치는데

공기는 아직 차갑다

통나무집, 으스스한 어둠이 창을 뚫는다
온돌방, 저 바깥에서
장작에 불붙이는 소리가 난다

솔가리 모아 불쏘시개로 쓴다
쓰다 만 시
제 몸을 불씨로 내어놓는다

군불이라는 말 참 좋다
군불로 등을 데운다
군불로 생각을 지핀다

저 지평선엔 누가 군불을 지피나
북극에서 날아온 새들이 어둠을 태우나

노을 끝에는 군불지기가 살고 있어
산을 데우고 강을 데우고 지평선을 데운다
숨이 돌을 만큼

아궁이가 새까맣게 탄 것은
불이 제가 지나온 자리를 지운 까닭이다

지붕 위에 자리한

당신이라는 별자리 하나

군불이 들어간다, 집이 숨을 몰아쉰다
　　　　　　　　—「당신이라는 별자리 하나」 전문

　이 시에서 시인은 지금 "통나무집"에 머물고 있다. 시절
은 "꽃나무와 연두가 눈에 비치는데/ 공기는 아직 차"가운
이른 봄 어느 날이다. "저물녘" 즈음 "통나무집"을 에워싸
고 있는 것은 "<u>으스스한 어둠</u>"일 뿐이다. 그런데 "온돌방"
에 "군불"을 지피기 위해 "장작에 불붙이는 소리"가 이른 봄
밤의 차가움과 "어둠"을 상쇄해 주고 있다. 차가움과 "어둠"
을 물리치게 해 주는 것은 "군불"만이 아니다. 화자는 "불쏘
시개" 역할을 하는 "솔가리"처럼 "쓰다 만 시/ 제 몸을 불씨
로 내어놓는다"라는 생각이 타오른다. "쓰다 만 시"가 화자
의 마음을 따뜻하게 하는 "군불" 역할을 하고 있다. "장작"
을 피운 "군불"과 "시"로 피운 마음의 "군불"이 시인의 몸과
마음을 지배하는 차가움과 "어둠"을 벗어나게 해 주는 것이
다. 시인은 "군불로 등을 데"우면서 "군불로 생각을 지핀다"
라는 것은 그러한 의미이다.
　그런데 이 시가 흥미로운 것은 "군불"의 상상을 자연과
우주로까지 확장하고 있다는 점이다. "저물녘"의 "노을"을
바라보면서 "저 지평선엔 누가 군불을 지피나/ 북극에서 날
아온 새들이 어둠을 태우나"라고 상상하고 있다. "노을 끝

에는 군불지기가 살고 있어"서 그가 피운 "군불"이 "산"과 "강"과 "지평선을 데운다"라고 생각하는 것이다. 눈여겨볼 것은 그 데우는 정도가 "숨이 돌 만큼"이라는 점이다. 자연과 우주의 "군불"이 화자에게 새로운 생명을 선물해 준 것이다. "군불이 들어간다, 집이 숨을 몰아쉰다"라는 마지막 시구는 "군불"이 지닌 그러한 생명력을 강조한 것이다. 그런데 이러한 생명 회복의 모든 과정을 함께하는 존재는 "지붕 위에 자리한/ 당신이라는 별자리 하나"이다. "병"의 고통과 이별의 슬픔을 안겨 주었던 "당신"이 "나"에게 "군불"과 같은 따뜻한 "별자리 하나"로 빛나고 있다.

시(인)의 언어는 이처럼 위대하다. 시인은 "당신"의 병과 죽음을 통해 인생의 의미를 진지하게 성찰하고 있다. 이는 "당신"으로 인해 "나"의 삶에 드리웠던 어둠을 "아궁이" 새카만 모습처럼 "불이 제가 지나온 자리를 지운" 흔적이라 여기는 것과 관련된다. 어둠에서 '불의 흔적'을 발견한 이 역설적 인식, 이것은 떠나간 "당신"을 "나"의 마음에 "별자리"로 새겨 놓은 것을 가능케 한다. 이것은 이 지상에서 가장 고통스러운 "병"과 함께, 죽음과 함께 살아온 한 시인이 그것을 정신적으로 극복, 승화하는 일이다. 그 극복과 승화의 상징이 바로 "당신이라는 별자리"이다. 이 "별자리"의 이름을 우리는 무엇이라 불러야 하나? 그것은 마땅히 인생의 "별자리" 혹은 사랑의 "별자리"라고 불러야 하지 않을까? "당신"이라는 "병"과 죽음을 통해 인생과 사랑의 소중한 가치를 다시 발견하고 있으니 말이다.